Los grandes felinos

Los tigres

por Marie Brandle

Bullfrog en español

Ideas para padres y maestros

Bullfrog Books permite a los niños practicar la lectura de textos informativos desde el nivel principiante. Las repeticiones, palabras conocidas y descripciones en las imágenes ayudan a los lectores principiantes.

Antes de leer

- Hablen acerca de las fotografías. ¿Qué representan para ellos?
- Consulten juntos el glosario de las fotografías. Lean las palabras y hablen de ellas.

Durante la lectura

- Hojeen el libro y observen las fotografías. Deje que el niño haga preguntas. Muestre las descripciones en las imágenes.
- Léale el libro al niño o deje que él o ella lo lea independientemente.

Después de leer

- Anime al niño para que piense más. Pregúntele: ¿Qué sabías sobre los tigres antes de leer este libro? ¿Qué más te gustaría aprender sobre ellos?

Bullfrog Books are published by Jump!
5357 Penn Avenue South
Minneapolis, MN 55419
www.jumplibrary.com

Library of Congress Cataloging-in-Publication Data

Names: Brandle, Marie, 1989– author.
Title: Los tigres / por Marie Brandle.
Other titles: Tigers. Spanish
Description: Minneapolis: Jump!, Inc., 2021.
Series: Los grandes felinos | Includes index.
Audience: Ages 5–8 | Audience: Grades K–1
Identifiers: LCCN 2020042733 (print)
LCCN 2020042734 (ebook)
ISBN 9781645278740 (hardcover)
ISBN 9781645278757 (ebook)
Subjects: LCSH: Tiger—Juvenile literature.
Classification: LCC QL737.C23 B724918 2021 (print)
LCC QL737.C23 (ebook) | DDC 599.756—dc23

Editor: Eliza Leahy
Designer: Michelle Sonnek
Translator: Annette Granat

Photo Credits: Eric Isselee/Shutterstock, cover, 1, 3, 8, 24; jeep2499/Shutterstock, 4; ewastudio/iStock, 5, 23bl; Juan Carlos Munoz/Shutterstock, 6–7, 23tr; Sourabh Bharti/Shutterstock, 9, 23br; Setta Sornnoi/Shutterstock, 10–11; Michal Varga/Shutterstock, 12–13; Petr Masek/Shutterstock, 14, 23tl; Kenneth Lawrence/Shutterstock, 15, 23bm; Fuse/Getty, 16–17; mauritius images GmbH/Alamy, 18–19, 23tm; Arindam Bhattacharya/Alamy, 20–21.

Printed in China.

Tabla de contenido

Rayas negras

¿A qué grandes felinos les encanta el agua?

¡A los tigres!

Este tigre vive en una jungla.

Los tigres viven en guaridas.

Hay algunas guaridas en cuevas.

¡Qué genial!

diente

garra

Sus garras son afiladas.

Estas también ayudan a los tigres a cazar.

¿Ves sus acolchadas patas? Ellas les ayudan a los tigres a caminar en silencio.

Estas dejan rastros grandes.

Los tigres pueden saltar lejos.

¿Qué tan lejos?

Aproximadamente 32 pies (10 metros).

¡Ese es el largo de dos carros!

cachorro

Los cachorros juegan a cazarse.

¿Por qué?

¡Ellos aprenden a cazar!

Ellos van a nadar.

¡Qué divertido!

¿En qué parte del mundo?

Los tigres viven en Asia. Ellos pueden vivir en muchos hábitats, incluyendo manglares, junglas y praderas. ¡Echa un vistazo!

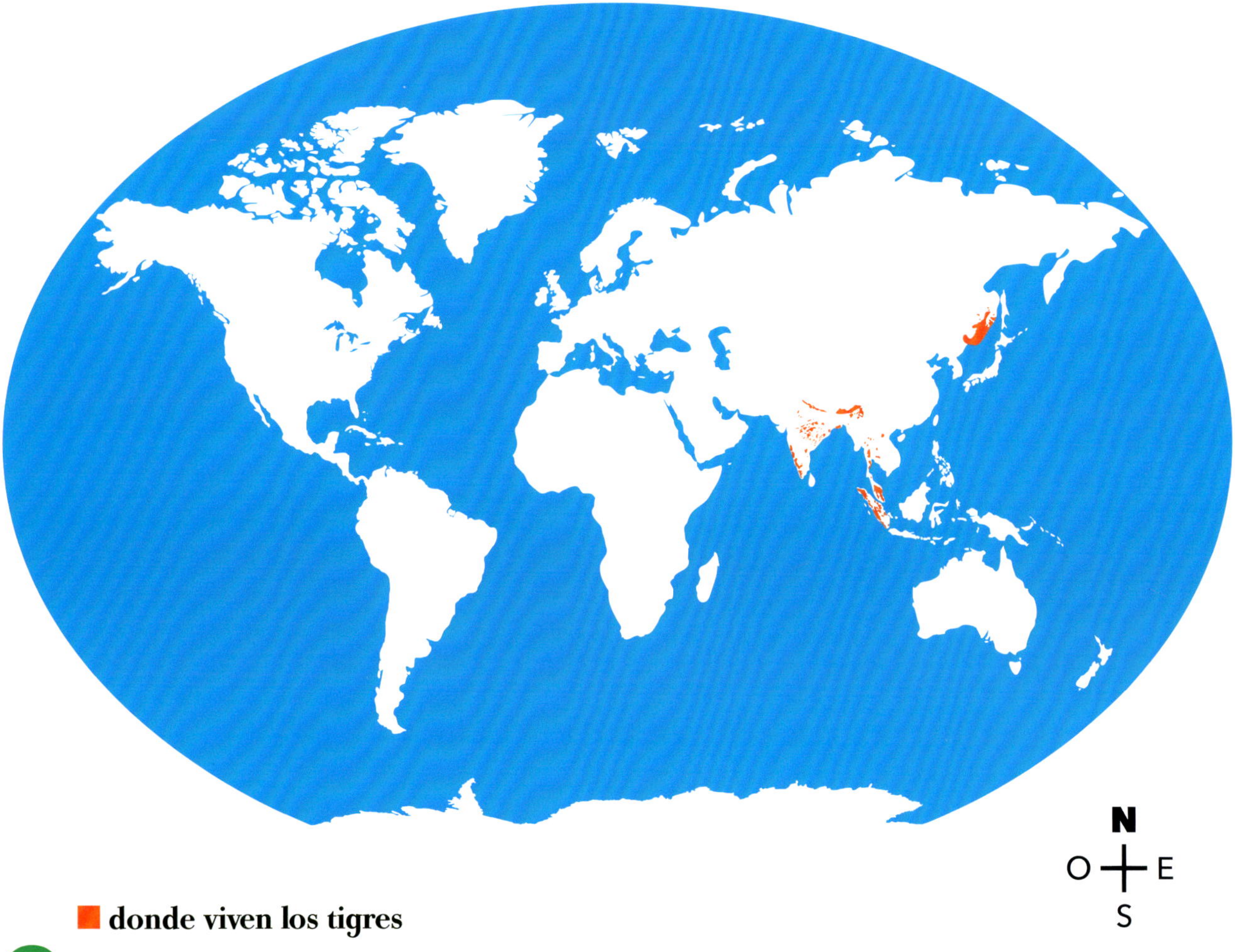

■ **donde viven los tigres**

Glosario de fotografías

acolchadas
Blandas con un lado suave en la parte de abajo.

cachorros
Tigres jóvenes.

guaridas
Los hogares de los animales salvajes.

jungla
Un bosque en un área tropical cubierto de árboles frondosos, enredaderas y arbustos.

rastros
Marcas que dejan los animales en movimiento.

se camuflan
Se mezclan con otra cosa de manera que las dos cosas combinan juntas.

Índice

Para aprender más

Aprender más es tan fácil como contar de 1 a 3.

1. Visita www.factsurfer.com
2. Escribe "lostigres" en la caja de búsqueda.
3. Elige tu libro para ver una lista de sitios web.